¡Vamos, Hugo!

A mi mamá, mi familia, mis amigos, mis estudiantes,
Lily, Jess, Linda y, por supuesto, ¡a París!

Originally published in English as *Let's Go, Hugo!* by Dial Books for Young Readers,
an imprint of Penguin Group (USA) Inc.

Copyright © 2013 by Angela Dominguez
Translation copyright © 2016 by Scholastic Inc.

ISBN 978-0-545-93528-9

10 9 8 7 6 5 4 3 2 1   16 17 18 19 20

Printed in the U.S.A.   40
First Scholastic Spanish printing, 2016

This artwork was created with love with Canson paper, ink, tissue paper on Strathmore illustration board.

¡Vamos, Hugo!

Angela Dominguez

SCHOLASTIC INC.

Hugo era un poco diferente.
Preferiá caminar que volar.

En lugar de vivir en la copa de un árbol,
Hugo vivía en una madriguera.

En lugar de hacer nidos,
Hugo hacía obras de arte.

A Hugo le gustaba vivir en el suelo.

Un día, Hugo estaba
terminando su última obra
maestra cuando oyó una voz.

—Yo conozco ese edificio —dijo una pajarita.
—¿De verdad? —dijo Hugo muy contento.
—Sí —dijo la pajarita—. Se puede ver desde acá
arriba. Es la torre Eiffel. Podemos volar hasta allá.

—Ah... —dijo Hugo al darse cuenta de que era muy
lejos para ir caminando.

—Me llamo Lulú —dijo la pajarita—. Vamos, te llevo.
—Yo me llamo Hugo —dijo él, y entonces se calló.

—Bueno, ¡vamos, Hugo! —dijo Lulú sonriendo.

—Eh, tengo que mostrarte el parque antes —dijo Hugo.

Lulú pensó que era una muy buena idea.

Hugo, aliviado, guió a la pajarita.

Primero, comieron palomitas.

Cuando terminaron de comer, Lulú dijo:
—¿Listo? ¡Vamos, Hugo!

—No es bueno volar con el estómago lleno —contestó Hugo—. Tenemos que esperar una hora.

Lulú estuvo de acuerdo,
así que fueron a jugar a la fuente.

—¡Vamos, Hugo! —dijo Lulú después de un rato.

—No podemos volar ahora —contestó Hugo—.
Tenemos que esperar a que se nos sequen las alas.

Lulú estuvo de acuerdo, así que vieron un ballet.
El espectáculo se terminó al anochecer.

—Se está haciendo tarde —dijo Lulú—. ¿Vamos ya, Hugo?
—No podemos —contestó Hugo—. Es peligroso volar de noche.
Vayamos en la mañana.

Lulú bostezó y miró a Hugo.
—Bueno —dijo—, mejor me voy a mi
casa. ¡Nos vemos después!

Hugo se sintió muy triste cuando
su nueva amiga se fue volando.
¡Ya no vería la torre Eiffel!
¿Y si no volvía a ver a Lulú?
Corrió a ver si la alcanzaba, pero
ella ya se había ido volando.

Hugo estaba desconsolado.

—¿Qué te pasa, pequeño? —preguntó el viejo búho
Bernardo desde lo alto de un árbol.
Ya era tarde y el búho era el único que estaba despierto.

Hugo estaba tan cansado
que, sin pensar, dijo:

—¡Me da miedo volar!

—Bueno —dijo Bernardo—, todos tenemos miedo de algo. Yo le tenía miedo a la oscuridad, pero me di cuenta de todas las cosas maravillosas que me estaba perdiendo, como la luna y las estrellas. Si quieres, te ayudo a practicar.

Hugo miró hacia el suelo.
Luego miró arriba, al búho.
Le costó trabajo, pero al final dijo:

—Sí, por favor.

Hicieron prácticas de vuelo
toda la noche.

Hubo muchas subidas...

y muchas más bajadas.

Cuando Hugo por fin voló a la
copa del árbol, el búho dijo:
—¡Mírate, Hugo! Bien hecho.
Mañana seguiremos practicando,
pero ya es mi hora de dormir.

Cuando amaneció, Hugo seguía en la copa del árbol.
—¿Estás listo? —preguntó Lulú mientras aterrizaba
a su lado.

Hugo miró a Lulú y luego al suelo, que estaba muy lejos.

—No exactamente —dijo—. Tengo un poco de miedo.

—Será nuestra próxima aventura —dijo Lulú sonriendo—. Solo que esta vez, en lugar de explorar el parque, exploraremos el cielo.

—Ah —dijo Hugo—. No lo había pensado.

Lulú le extendió el ala.

Hugo dio un paso por la rama.

Luego otro.

Y otro.

Hasta que...

—¡Vamos, Hugo! —dijo Lulú.
Hugo respiró hondo y sujetó el ala de Lulú.

¡Y se fueron volando!

La torre Eiffel era más hermosa de lo que Hugo se había imaginado. Tan hermosa, que se le olvidó tener miedo.

Al volver al parque, Hugo le preguntó a Lulú:
—¿Adónde quieres ir ahora?
—El cielo no tiene límites —dijo Lulú.
Hugo sonrió y extendió sus alas.

Igual que a Hugo, a Angela Dominguez le gusta usar bufandas y pasear por París, y a veces necesita a una amiga que le ayude a dar un paso grande. Angela nació en la Ciudad de México, creció en Texas y vive en San Francisco, California. Tiene una maestría en Bellas Artes de Academy of Art University, donde enseña actualmente. *¡Vamos, Hugo!* es el primer libro ilustrado que Angela ha escrito e ilustrado. Puedes visitarla en www.angeladominguezstudio.com.